W0367462

À Gaëlle… et Josiane!
R.G.

© 2011, Albin Michel Jeunesse, 22, rue Huyghens – 75014 Paris
www.albin-michel.fr
Loi 49956 du 16 juillet 1949 sur les publications destinées à la jeunesse
Dépôt légal : second semestre 2011 – N° d'édition : 19754 – ISBN : 978-2-226-22193-3
Imprimé à Singapour par Tien Wah press

René Gouichoux • Manu Boisteau

super Maîtresse

ALBIN MICHEL JEUNESSE

Moi, ma Maîtresse est une star.
Une idole, si tu préfères, ou même un génie.
En un mot, une Super Maîtresse !

Quand elle arrive à l'école
le matin, on est tous dans
la cour pour l'accueillir.

Bravo
Bravo
Bravo !

Mais ma Super Maîtresse
ne distribue pas d'autographes
à ce moment-là.

Elle se prépare, se met en condition.
Et pour cela, elle enfile sa tenue.

Bien sûr, ma Super Maîtresse porte un maillot
au nom de mon école.

Dès le coup d'envoi
du directeur, ma Super
Maîtresse attaque,
en pleine forme !

Est-ce que Marouane
a compris le problème ?

Léa ne fera-t-elle pas
une grosse faute ?

Dorothée a-t-elle
saisi le sens du jeu ?
Assama rêve-t-elle encore ?
Oui, ma Super Maîtresse
veille à tout cela
en même temps !

Augustin connaît-il
les règles par cœur ?
Et Yoann, n'est-il
pas dans la lune ?

Et surtout, dès le départ, ma Super Maîtresse
veut garder son peloton bien groupé.
Pas question d'en laisser un à la dérive
tout seul à l'arrière.

« Nous formons une équipe ! »
scande ma Super Maîtresse.

Il faut savoir que certains élèves font des efforts,
mais… ils ne sont pas tout à fait dans le bain.
Ils ont parfois l'impression de manquer d'air.

Heureusement, ma Super Maîtresse est vigilante :
au moindre problème, elle plonge et leur évite la noyade.

Par contre, si un petit malin s'amuse
à faire le zig ou le zag, comme :

bloquer un camarade
dans le couloir,

en bousculer un autre
si celui-ci le dépasse,

ou même faire le fou
sur la piste…

Alors, on entend
ma Super Maîtresse hurler
dans son mégaphone :

– FERdiNANd, ÇA SUFFIT MAINTENANT !

La nuit, ma Super Maîtresse voyage dans mes rêves.
Elle m'accompagne en dictée, en mathématiques,
en géographie et en histoire.

Il arrive aussi qu'elle
vole à travers le ciel.
Elle rencontre
« Le-plus-fort-man »
et il n'est pas rare
qu'elle lui fasse réviser
ses tables d'addition.

– 2 + 2, Superhéros ?
– Euhhhhhh…5.
– Non, 4, Superhéros !
Tâche de t'en souvenir.

Comme elle travaille le jour et la nuit,
je me demande quand ma Super Maîtresse
fait ses courses au supermarché.

Ma Super Maîtresse est
championne pour toutes
les questions sur les dauphins
et les châteaux forts,

elle sait qui a inventé
le zéro, comment s'écrit
« tyrannosaurus rex »
ou « bissectrice » ;

elle sait exactement où
se trouve l'Ouzbékistan,

combien font
2 532 751 étoiles
x
12 589 galaxies…

Elle sait même où chercher
les réponses impossibles…

Cerveau
Bulbe rachidien
Cervelet
Moelle épinière
jeudi 3 ja

Quand on rate un contrôle,
ma Super Maîtresse sait toujours nous encourager :
– Tu as eu 1 aujourd'hui, René, ce n'est pas grave.
Fais un effort, demain, tu peux doubler ta note.

Dans la cour de récré,
ma Super Maîtresse
surveille et ses yeux voient
tout partout.
Elle peut également
se retrouver à dix endroits
différents en même temps.

– Je te vois !

– HeP !

— Pris !

— Garnement !

Mais si elle punit
quand il le faut,
elle sait aussi être juste !

Ma Super Maîtresse est tellement extraordinaire
qu'elle a fait gagner la Coupe du monde à sa classe.

Ce jour-là, c'était le délire le plus complet.
On a défilé dans un bus le long des Champs-Élysées.

Du coup, ma Super Maîtresse
est connue aux quatre coins
de la planète.
Dans la rue, les gens crient
son nom, c'est l'hystérie.

– Oh! j'ai vu
la Super Maîtresse!
– Comment était-elle?
– Formidable!

– Moi aussi, je l'ai vu.
– Comment était-elle ?

– **Extraordinaire !**

C’est pour cela que tout le monde rêve
d’être une Super Maîtresse plus tard.
Même les garçons.

Dans ce cas-là, on dit « Maître »
mais ça revient au même.

Souvent, ma Super Maîtresse raconte de belles histoires.

Elle nous dit que si on travaille bien,
on aura un joli métier quand on sera grand.
Nous, on l'écoute, on la croit et on a raison,
car parfois c'est vrai.

D'ailleurs, longtemps après qu'ils ont quitté l'école,
ses anciens élèves se souviennent encore d'elle.

Ils portent des maillots
à son nom

et dressent des banderoles
au centre de la cour :
« Super Maîtresse
pour toujours ».

Ta Maîtresse, si tu ne la vois
pas comme ça dans ta classe,
c'est parce qu'en fait
elle se déguise.

Elle a l'air normal
d'une Maîtresse normale.
Pourtant, regarde bien,
regarde mieux,
regarde encore
avec un peu plus
d'attention.

Désormais, tu verras peut-être ta Maîtresse
d'une autre manière.

Et cela peut changer ta vie !

Dans la collection Zéphyr

Ma grand-mère fait du vélo • René Gouichoux – Gilles Tevessin
Le Dinosaure et le petit cœur • Fabienne Frémeaux – Ronan Badel
Je suis un héros! • Hubert Ben Kemoun – Frédéric Bénaglia
La Fée Kiki • Jacques Duquennoy
Les Fantômes et la Sorcière • Jacques Duquennoy
Opération fantôme • Jacques Duquennoy
Le Dîner fantôme • Jacques Duquennoy
Les Fantômes à la cave • Jacques Duquennoy
Les Fantômes au Loch-Ness • Jacques Duquennoy
La Grande Ourse • Jacques Duquennoy
Pôle Nord – Pôle Sud • Jacques Duquennoy
Le Petit Chaperon rouge a des soucis • A.-S. de Monsabert – Géraldine Alibeu
Piccolo le pénible • Didier Lévy – Benjamin Chaud
Monsieur Toutécarré • Jérôme Ruillier
Nina la tortue • Jérôme Ruillier
Petit Carton • Jérôme Ruillier
Le Popotin de l'hippopo • Didier Lévy – Marc Boutavant
Rikiki-Riquiqui qui a peur de tout • Pierre Coré – Clément Oubrerie
Vous n'avez pas vu mon nez ? • Antonin Louchard

Perdu ! • Antonin Louchard
Le Balai des sorcières • Vincent Bourgeau
Trouvé ! • Christine Schneider – Hervé Pinel
Mon ami crocodile • Fred Bernard
La Chaussette jaune • Hélène Riff
Peut-on faire confiance à un crocodile affamé ? • Didier Lévy – Coralie Galibour
Le Gros Camion qui pue de mon papa • Ramona Badescu – Benjamin Chaud
Une vraie maman • René Gouichoux – Thomas Baas
Un vrai papa • René Gouichoux – Thomas Baas
Nous, on n'aime pas les légumes ! • Chantal de Rosamel – Godeleine de Rosamel
Le Petit Bonhomme brioche • Françoise Bobe – Candice Hayat
Des bobos à gogo • Christine Schneider – Hervé Pinel
Un chien dans la poche • Agnès de Lestrade – Lucie Durbiano
Le Dîner surprise • Astrid Desbordes – Pauline Martin
Jour papillon ou jour hérisson ? • Agnès de Lestrade – Vincent Mathy
Je veux des lunettes ! • Charlotte Moundlic – Véronique Deiss
Mon chat, c'est le roi des chats • Nicole Amram – Marion Billet
Rhino a un truc qui lui gratte le dos • Karine-Marie Amiot – Julia Wauters